幼兒全語文 階梯故事 系列

U0114767

到沙灘去

袁妙霞 著
野人 繪

園丁文化

今天天氣很熱，豬爸爸提議到沙灘去。
小豬馬上收拾東西，準備出發。

沙灘上很熱鬧。有游泳的，有堆沙的，
有拾貝殼的，也有玩球的。

豬爸爸和小豬在沙灘上堆沙。
他們堆了一個很大的沙堡。

豬爸爸和小豬在沙灘上拾貝殼。
他們拾了一瓶很美麗的貝殼。

豬爸爸和小豬在沙灘上玩球。
他們玩得很開心。

時候不早了，豬爸爸和小豬要回家了。
噢！他們還有一件事情沒做呢！

小豬説：「爸爸，我們還沒有游泳啊！」
「嘻嘻！下次再來沙灘，一定要先游泳。

導讀活動

提問

進行方法：

❶ 讀故事前，請伴讀者把故事先看一遍。

❷ 引導孩子觀察圖畫，透過提問和孩子本身的生活經驗，幫助孩子猜測故事的發展和結局。

❸ 利用重複句式的特點，引導孩子閱讀故事及猜測情節。如有需要，伴讀者可以給予協助。

❹ 最後，請孩子把故事從頭到尾讀一遍。

封面
1. 小豬和豬爸爸來到什麼地方呢？
2. 請把書名讀一遍。

P2
1. 圖中的天氣怎樣？天氣炎熱，豬爸爸提議到什麼地方去？
2. 小豬收拾了什麼東西？除了圖中看見的，你猜他們還會帶什麼東西去沙灘呢？（泳褲、毛巾、太陽油、沙灘席、沙灘球……）

P3
1. 沙灘上很熱鬧啊！圖中的動物在做什麼不同的活動呢？
2. 你喜歡到沙灘去嗎？你來到沙灘主要玩什麼呢？請說說看。

P4
1. 小豬跟豬爸爸先玩什麼？他們合作堆出了什麼東西？
2. 你玩過堆沙嗎？請說說你堆沙時的情景。

P5
1. 小豬跟豬爸爸接着玩什麼？他們把拾到的貝殼放到哪裏去？
2. 你拾過貝殼嗎？請說說你拾貝殼的情景。

P6
1. 小豬跟豬爸爸接着玩什麼？他們玩得高興嗎？
2. 你玩過沙灘球嗎？請說說你玩球時的情景。

P7
1. 看看圖中的天色，你猜是一天中的什麼時候了？豬爸爸和小豬要怎樣了？
2. 小豬帶來了一件東西，卻一直沒有用過。你知道是什麼嗎？
3. 來到沙灘，大家通常都會做一件事情。豬爸爸和小豬卻沒有做，你知道是什麼事情嗎？

P8
1. 你猜對了嗎？為什麼他們來到沙灘都不游泳呢？請說說看。
2. 為了避免同樣事情再次發生，豬爸爸有什麼建議呢？

夏天的節日——端午節

農曆五月五日端午節,是中國民間的傳統節日,後來又加入了紀念愛國詩人屈原的說法。

戰國時代,屈原在端午節這天投江自盡殉國。後人尊敬屈原,就把端午節作為紀念屈原的節日了。

端午節的習俗

相傳屈原投江後,大家為了避免魚蝦吃他的屍體,就用竹葉包着糯米飯投入江中,餵飽魚蝦,後來就演變成端午節吃糉子的習俗。

另外,屈原投江後,大家急忙划船搜索,就演變成划龍舟的習俗了。

字卡

❶ 把字卡全部排列出來，伴讀者讀出字詞，請孩子選出相應的字卡。
❷ 請孩子自行選出多張字卡，讀出字詞並口頭造句。

請沿虛線剪出字卡。

提議	沙灘	收拾
出發	熱鬧	游泳
堆沙	拾貝殼	一瓶
玩球	沙堡	時候

幼兒全語文階梯故事系列
第5級（挑戰篇）

《到沙灘去》

©園丁文化

幼兒全語文階梯故事系列
第5級（挑戰篇）

《到沙灘去》

©園丁文化

幼兒全語文階梯故事系列
第5級（挑戰篇）

《到沙灘去》

©園丁文化

幼兒全語文階梯故事系列
第5級（挑戰篇）

《到沙灘去》

©園丁文化

幼兒全語文階梯故事系列
第5級（挑戰篇）

《到沙灘去》

©園丁文化

幼兒全語文階梯故事系列
第5級（挑戰篇）

《到沙灘去》

©園丁文化

幼兒全語文階梯故事系列
第5級（挑戰篇）

《到沙灘去》

©園丁文化

幼兒全語文階梯故事系列
第5級（挑戰篇）

《到沙灘去》

©園丁文化

幼兒全語文階梯故事系列
第5級（挑戰篇）

《到沙灘去》

©園丁文化

幼兒全語文階梯故事系列
第5級（挑戰篇）

《到沙灘去》

©園丁文化

幼兒全語文階梯故事系列
第5級（挑戰篇）

《到沙灘去》

©園丁文化

幼兒全語文階梯故事系列
第5級（挑戰篇）

《到沙灘去》

©園丁文化